知ってはいけない

ほんとうは怖い
森永卓郎寓話集
第2巻

森永卓郎
[絵] 倉田真由美

興陽館

この世の中には
決して触れてはいけない
タブーがあります。

みんなうすうす感じているのに、
口をつぐんでしまう。
賢い人はまるでなかったかのように、
触れようとはしない。
まるで「知ってはいけない」と
言わんばかりにです。

本書の28の寓話では、
自分の目で見てきたタブーを書きました。
アニマル王国のブタさん、
ライオンさん、ハイエナさんなど、
動物たちが直面しているのは、
現代社会が抱えるさまざまなタブーです。

収録されている28の寓話には
世の中の「ほんとうは怖い真相」が詰まっています。

本書で私が書いたのは、
現状を打破するストーリーです。

森永卓郎の寓話の世界にようこそ。

本書では、
28の寓話をよりわかりやすく読んでいただけるように、
各寓話の紹介文、私のまえがき、倉田真由美さんのあとがき、
各寓話の教訓を掲載しました。

まえがき

100年後に生き残るストーリー

本書は、私の寓話集の第二巻だ。第一巻の出版からわずか4か月しか経っていないが、それでもペースが速いとは、まったく考えていない。私の目標は、寓話作家のイソップを抜くことだが、イソップは生涯で725編の寓話を書いた。私は、現代に伝わる数十のイソップ寓話を量的、質的に上回ればよいと考えていたのだが、そうではないことが分かってきたからだ。イソップは、最初から駄作を混ぜて書いたのではない。725編の寓話のうち、2500年の風雪を耐え抜いた物語だけが、現代でも読み続けられているのだ。だから、イソップを超えようと思ったら、少なくとも725という作品数でイソップを上回らないといけない。私の寓話集は一巻28話で構成されているから、全部で25巻は寓話集を作らなければならないのだ。私自身の余命を考えると、一か月に一冊程度といった相当なスピードで書き進めないと間に合わないことになる。

ただ、個人的には、それは不可能なことではないと判断している。一巻一巻テーマを決めて、テーマに沿った話を書いていけばよいからだ。ただ、そのなかで、この第二巻はとても重要な位置付けにある。それは、全体構想の方向付けと勢いが決まるからだ。プロ野球の日本シリーズでも、第二戦が最も重要だといわれるのは、そのためだ。

本書では、テーマを「現代日本が抱える諸問題」として物語を展開している。複雑な経済社会の問題をシンプルな寓話に落とし込むこと自体はむずかしい作業だが、逆にとても楽な作業でもあった。それは、証拠や証言の裏付けを示す必要がないからだ。

例えば、本書に掲載した「撃ち落とされたプテラノドン」は、1985年8月12日に発生した日本航空123便の撃墜事件を素材にしたものだ。事件の真相に関しては、拙著の『書いてはいけない』にまとめているが、この書籍に関して一つの大きな批判は、生涯をかけて事件の調査を続けてきた青山透子氏や小田周二氏の著作に記された証言や証拠をベースに物語を作っただけではないかというものだった。しかし、事実は異なる。政府の説明に疑惑を持った私は四半世紀にわたって１００人を超える関係者の証言を聞き続け、そこから浮かび上がったストーリーを書いたのだ。だから、私の書いたストーリーが真実であることには絶対の自信を持っているのだが、なぜか私に直接証言をしてくれた人たちが、一様に怯えていて、証言台に立つことを承諾してもらえなかったのだ。その、ギリギリの板挟みのなかで書いたのが『書いてはいけない』だったのだ。

ところが、そのストーリーを寓話にする、つまり登場人物を動物に置き換えて、多少の脚色をするだけで、事件のアウトラインをすっきりと描くことができる。その意味で、寓話というのは、さまざまな社会問題の本質を描き出すとても優れた手法だといえるのだ。

本書では、ルール社会、地震対策、医療問題、高齢者問題、格差社会、核兵器問題など、現代社会が抱えるさまざまな問題の本質に迫っている。そこでの私の問題意識や分析が正しいかどうかは、物語が１００年単位の風雪に耐えられるかどうかにかかっているのだが、少なくとも１００年後に生き残るストーリーは、まず「現世」を生き残らないといけない。それが、本書が担っている最重要の役割だ。

ちなみに、私はすでに第三巻の執筆に取り掛かっている。というより、ほぼ完成させている。第三巻のテーマは、現代の「詐欺師」たちだ。

なお、本書では、第一巻に引き続いて、漫画家の倉田真由美さんに挿絵の製作をお願いした。再び締め切りまで短いスパンでのお願いとなったが、倉田さんは嫌な顔ひとつせず、きちんと締め切りまでに仕上げてくれた。

繰り返しになるが、この第二巻は、ゴールである第25巻に向けての重要な一里塚だ。だから、読者の皆さんの支持がとても重要になる。私の「打倒イソップ」に向けてのご支援をいただければと、心から願うばかりだ。

２０２５年1月　森永 卓郎

28の寓話の紹介

本書『知ってはいけない』に収録されている全28作品を紹介します。

1章　知ってはいけない

撃ち落とされたプテラノドン

誤ってプテラノドンを撃ち落としてしまったアニマル王国。王は苦渋の決断を迫られる。その決断は、王国を滅亡へと導くのか？　政治と道徳の狭間で揺れる王の姿を描く。

ネズミーバーガーの正体

「皆さん、ネズミーバーガーにようこそ」アニマル王国のハンバーガー大手、ネズミーバーガーの入社式が始まりました。今日も会社が目指す「理念」の裏側には……。

オオカミ解説の正体

アニマル王国で人気の経済解説者。彼の巧みな話術とメディアの力によって、人々は彼の言葉を妄信していく。しかし、その裏には驚くべき真実が隠されていた。

ニシキゴイは見ていた

アニマル王国唯一の料亭にある大きな池。そこに泳ぐニシキゴイがある日聞いた秘密の会談。財務大臣が増税を実現するために呼んだ5人との話とは。

エビとカニのPK戦

不況の波に揺れる中華料理店。リストラの危機に瀕したエビさんとカニさんが、自分の職を懸けてPK戦で対決！　果たして、どちらが中華料理店を去ることになるのか？

凶弾に倒れたライオン王

ライオン王の急死により、アニマル王国に王位継承問題が発生。陰謀が渦巻く動物たちの王国を舞台に、権力争いが繰り広げられる。

猛獣レストラン

かつて栄華を誇ったライオン一族が、ハイエナ王によって闘技場に立たされる。生き残りをかけた戦いの裏には、ハイエナ王の黒い陰謀が……。

ハイエナ王と呪術師

ハイエナ王の欲望のために、動物たちの王国は高額な年貢に苦しめられていた。そんななか、王は巧妙な手口で住民の財産をさらに奪い取ろうとする。動物たちの運命はいかに？

アニマル・トラフ大地震

アニマル王国を襲う大地震の危機！　恐怖に怯える動物たち。しかし、科学者の予測は本当なのか？

来年の桜は見られない

余命4か月の宣告を受けたブーちゃんが、残りの人生をどう生きるかを考え、行動に移す。持ち物、お金、人間関係を整理して、彼が選んだ最期の過ごし方とは。

2章　無知ではいけない

犬笛で動くメディア

メディアの役割と権力の闇を描き出す痛快な話。犬笛の音色で操られるメディア、そして、真実を求める一匹の……。

仕事は宗教家

貧困と絶望に苦しむアニマル王国の住民たち。一匹の動物が立ち上がり、独自の宗教を創始する。動物たちの世界で繰り広げられる信仰と希望の話。

フェレット弁護士がかざすルール

動物たちの楽園に現れたフェレット弁護士。彼は巧妙に法律を持ち出して動物たちをだまそうとした結果、動物たちの平和な暮らしは一変してしまう。

熱帯魚挟み撃ち

南の島の少年が、熱帯魚捕りを通して人生の大切なことを学ぶ。効率的な労働、そして自分にとって本当に大切なものとは？　少年の選択に考えさせられる。

南の島の三匹の子豚

誰もが知る三匹の子豚のお話。今回は南の島が舞台！　それぞれ個性豊かな三匹が、台風にも負けない家を建てる。果たして、一番安全な家はどれ？　三匹の子豚の運命は！

都会に出てきた三匹の子豚

南の島ののんびりした生活から都会にやってきた三匹の子豚。信号すら知らない三匹が、都会のルールを学ぼうとするなかで起きるハプニング。三匹の子豚の冒険が始まる！

ピンクの子羊

ピンク色の美しい毛を持つ子羊が誕生。その美しさは人々を魅了するが、同時に子羊自身を不幸へと導くものだった。美と欲望、ピンク色の奇跡が、残酷な現実へと変わる。

おばあといびき

南の島の古民家で、大きないびきをかいているおばあちゃん。実は、そのいびきには、ある特別な意味が隠されていた。年老いたおばあちゃんの切ない叫びとは？

おばあとタバコ

南の島の古民家で、おばあちゃんがタバコをゆっくりと吸う。自由を手に入れたおばあちゃんの、タバコに込めた想い。人生の選択、自由の意味、じんわりと心に沁みる話。

3章 見てはいけない

王様が考えた口減らし

大飢饉に苦しむアニマル王国。生き残るために王が下した残酷な決断とは？　食料を求めて旅立つ動物たちを待ち受ける運命は？　知恵と裏切りが渦巻く、動物たちのサバイバル物語。

コスパ良ければ強盗も

（王様の口減らしの続き）

大飢饉を乗り越えたはずのアニマル王国で、今度は強盗が横行。効率的な生き方を追求する動物たちは、道徳心を失い、王の価値観をも揺るがす。現代社会の歪みを映し出す痛快な話。

マントルまで掘れ

アニマル王国で温泉掘削大作戦！　王様の命令を受けてモグラとゾウが地球を揺るがす大穴を掘る。果たして温泉は湧き出すのか？　予想外の結末が！

ゴールドラッシュ

100年前、アニマル王国で巨額の金が眠る鉱脈が発見された。ゴールドラッシュは、動物たちの楽園を壊滅へと向かわせる。

マンドリルの心変わり

弱者を支援する活動で人気を集めたマンドリルくん。しかし、彼には裏の顔があった。権力に近づき、次第に変わっていく彼の姿に、動物たちは驚きと絶望を味わう。

原爆ピカドン

被爆の事実を隠し続けてきたブーちゃんのお父さん。家族の秘密が明かされ、平和への願いへとつながっていく。戦争の悲惨さと被爆者の苦悩、平和の大切さを描いた話。

バスキアがやってきた

世界的に有名な画家の展覧会にやってきた動物の少年ブーちゃん。彼は展示された絵画に疑問を抱き、ある大胆な行動に出る。

プライベートジェット

ニンゲンの大富豪がプライベートジェットで動物たちの楽園にやってくる。彼の傲慢な行動が、思わぬ形で動物たちの生活に影響を与えてしまった。彼の贅沢が招いた悲劇とは？

南の島の白い砂

美しいビーチを求めて開発された島。しかし、その裏には隠された秘密が。人間と自然の共存とは何かを考えさせられる、悲しみの物語。

知ってはいけない

ほんとうは怖い　森永卓郎寓話集第２巻

もくじ

まえがき　100年後に生き残るストーリー　10
森永卓郎
28の寓話の紹介　14

1章　知ってはいけない

撃ち落とされたプテラノドン　墜落事故　28
ネズミーバーガーの正体　やりがい搾取　34
オオカミ解説の正体　株価バブル　39
ニシキゴイは見ていた　密室会議　45
エビとカニのPK戦　リストラ　53
凶弾に倒れたライオン王　総選挙　57

猛獣レストラン　権力者　62
ハイエナ王と呪術師　投資　67
アニマル・トラフ大地震　地震対策　73
来年の桜は見られない　余名4か月　78

2章　無知ではいけない

犬笛で動くメディア　増税　88
仕事は宗教家　献金　94
フェレット弁護士がかざすルール　受入検査　100
熱帯魚挟み撃ち　動かない　106

南の島の三匹の子豚　台風　113
都会に出てきた三匹の子豚　ルール　120
ピンクの子羊　美しさ　125
おばあといびき　老人　129
おばあとタバコ　タバコ　134

3章　見てはいけない

王様が考えた口減らし　温暖化　140
コスパ良ければ強盗も　闇バイト　145
マントルまで掘れ　温泉　150

ゴールドラッシュ　採掘　155
マンドリルの心変わり　与党　162
原爆ピカドン　語り部　169
バスキアがやってきた　美術品　176
プライベートジェット　記念館　182
南の島の白い砂　人工の美　189
あとがき　知らなくてはいけない　196
倉田真由美
人生の真相を見抜く28の教え　200

1 章

知ってはいけない

撃ち落とされたプテラノドン

墜落事故

アニマル王国の王宮は、ハチの巣をつついたような大騒ぎになっていました。

「王様、プテラノドンを王国防衛隊が撃ち落としてしまいました」

「プテラノドンは、ニンゲン王国の皇帝から預かっている大切な翼竜だぞ。一体何が起きたんだ」

「防衛隊は、敵国の無人機だと勘違いしたようです」

「それで、プテラノドンはどうなった?」

「瀕死ですが、一命を取り留めています。いま王立病院で救命措置を実施しています」

「分かった。殺せ」

「いま、何とおっしゃいましたか」

「いいから、すぐに殺すんだ」


家来は、ライオン王の命令に逆らうことはできません。王国の住民からも深く愛されていたプテラノドンは、安楽死させられました。


「王様、なぜこんなことをしたんですか」

「もちろん、苦渋の決断だったよ。ただ、プテラノドンが生き残ったら、せっかく作った王国防衛隊への非難が殺到して、王国の安全保障体制が根本から崩れてしまうじゃないか」

「でも、今回の事件をどう収拾するんですか」

「いまから、ニンゲン王国の皇帝に電話する」


ライオン王は、皇帝に対して正直に事情を話しました。そして、こう願い出たのです。


「プテラノドンは、もともと深刻な病魔を抱えていて、飛行中に突然それが発症して、墜落したことにしていただけませんか」

「つまり、我々が病気を見逃していたことにするというのか」

「そうです。それ以外に、事態を収拾する方法が見つかりません」

「ただ、そうなると、ニンゲン王国にもそれなりの批判が寄せられることになるな」

「それは承知しています。今回の御恩は、絶対に忘れませんので」


少し考えた後、ニンゲン王国の皇帝は、こう言いました。

「分かった。そのように処理しよう。ただ、今回の件は、相当高く付くぞ」

それ以降、独立国だったアニマル王国は、ニンゲン王国の属国となり、ツケを何十年にもわたって支払うことになりました。

その結果、アニマル王国の経済は、「失われた１００年」と呼ばれる長期低迷を余儀なくされたのです。

ネズミーバーガーの正体

やりがい搾取

「皆さん、ネズミーバーガーにようこそ」

アニマル王国のハンバーガー大手、ネズミーバーガーの入社式で、採用担当役員のアカネズミさんが、第一声をあげました。

「皆さんにお伝えしたいのは、当社は利益追求の企業ではないということです。当社の目標は、地球環境を守り、住民に幸福を広げるハッピーランドを作ることです。ですから、皆さんは、従業員ではありません。皆さんは、ハッピーランドという舞台で活躍する劇団員、キャストです。お客さんは劇場のゲスト、仕事はパフォーマンスです。オーディションに合格した皆さんは、それぞれの配役を完璧に演じてください。例えば、皿洗いや掃除は労働ではなくパフォーマンスなので、舞台を盛り上げるためにどうしたらよいのか、いつも考えてください。いやいや取り組んで舞台を壊すようなことは、劇団全員への裏切りになります」

新入社員は、その後、一斉に役を与えられましたが、大部分は掃除やゴミ処理などの単純労働でした。

新入社員のヒメネズミさんが声をあげました。

「先輩、入社して半年も経つのに、ボクの仕事はお掃除ばかりで、もう飽きてしまいました」

「そんなこと言っちゃダメよ。あなたのパフォーマンスは、地球環境を守るための舞台に不可欠の大切なパフォーマンスなの。あなたが不機嫌にしていたら、ゲストまで不機嫌になってしまうわよ」

「それは分かっているんですけど、給料があまりに低すぎませんか。お掃除をする仕事なら、もっと時給の高い会社はいくらでもあるんです」

「あなたまだ分かっていないのね。私たちが作ろうとしている舞台は、地球環境を守るという崇高な理念を実現するためのものなの。だからネズミーバーガーは、売り上げの一部を環境NGOに寄付しているのよ。あなたは、その舞台で活躍する役者なんだから、賃金なんて言ったらダメよ。給料制の劇団なんて、世のなかにほとんどないんだから」

「でも、最低限の生活のこともあるし」
「余計なことを考えずに演技に集中しなさい。さあ、スマイル、スマイル！」

深夜までパフォーマンスを続けたヒメネズミさんは、閉店後、一人店の裏側に回ってみました。

そこには、廃棄された大量のハンバーガーの包装紙やお客の食べ残し、そして、とてつもなく短い賞味期限のせいでゴミ箱に放り込まれた、まだまだ食べられる未提供のハンバーガーやフライドポテトが、山積みになっていました。

オオカミ解説の正体

株価バブル

その日、アニマル王国の公会堂には、大行列ができていました。テレビで人気のニュース解説者のオオカミさんの講演会があったからです。

講演会の成功を受けて、アニマル王国の料亭では、オオカミさんと、証券会社のキツネ社長が酒を酌み交わしていました。

「今日も大盛況で、本当にありがとうございました。これは心ばかりのお礼です」

札束を懐に仕舞いながら、オオカミさんは言いました。

「助かりますよ。最近は稼ぎすぎて税金がものすごく高くなっているので、こういう裏金が一番うれしいんです」

「ところで、今後株価が2倍、3倍に上がり続けるなんて聴衆に断言して大丈夫だったんですか?」

「ボクだって、スポンサーには忖度しますから」

「でも、株価が上がり続けるなんて、根拠はどこにあるんですか?」

「根拠なんて、どこにもありません。ただ、住民の皆さんは、オオカミ解説には絶大な信頼を寄せていますから、厳密な根拠なんて必要ないんですよ」

「その信頼は、どうやって作ったんですか?」

「簡単ですよ。テレビに出るときに、ボクの解説に『そうだったのか』と称賛するコメンテーターを集めるんです。もちろん彼らのコメントをコントロールしてはいません。ただ、ボクを称賛してくれるコメンテーターだけをスタジオに呼んでいるだけです。そもそもボクは経済学を勉強したことも、金融関係の取材をしたこともなくて、いわばシロウトですが、住民はもっとシロウトですから、ボクの正体がバレることは

ないんです」

ただ、一人だけオオカミさんの解説に疑問を持った動物がいました。アニマル王国のライオン王でした。実は、アニマル王国には、「いまの株価はバブルで、近いうちに大暴落する」と主張する経済アナリストのタヌキさんがいました。王様は、オオカミさんとタヌキさんの直接対決を求めたのです。

さすがに王様の命令とあれば、オオカミさんも拒否できません。王宮の特別室で、直接対決が実現することになったのです。

対決の場で、タヌキさんはオオカミさんに、

いきなり食ってかかりました。

「オオカミさんは、株価が右肩上がりで上昇すると言っていますが、何を根拠にそんなことを言うんですか。バフェット指数でみても、CAPEレシオでみても、いまの株価は完全なバブル状態で、この後に待っているのは、暴落以外にあり得ないんじゃないですか？」

経済の勉強をしたことがないオオカミさんは、しどろもどろになってしまいました。

そして、その直後でした。バブルの崩壊が始まり、オオカミさんを信じて株式投資をしたアニマル王国の住民たちは、資産のほとんどを失ってしまいました。

その頃、荷台に札束を満載して、国境へ向かう一台のトラックがありました。ハンドルを握っているのは、他ならぬオオカミさんでした。

ニシキゴイは見ていた

密室会議

アニマル王国には、たった一つだけ料亭がありました。ただ、その料亭は歴史ある日本建築で、最大の売りは、襖を全開にすると、大きな池があることでした。そこには、体長1メートルをはるかに超える大きなニシキゴイが泳いでいました。

料亭の一番の利用者は、王国の財政を一手に握る財務大臣を務めるカラスさんでした。カラスさんがやりたいことは、増税、それも消費税率の引き上げでした。それを実現するためにカラスさんは、日々各界の有力者を料亭に招いて、増税のための環境を整えていました。

最初に招かれたのは、若者から圧倒的な支持を受けているベンチャー企業の経営者、タコさんでした。

「どうですか。新規に進出した宇宙ビジネスは？」

「計画は順調に進んでいるんですが、まだ収益を生む段階ではないので、資金繰りは苦しいですよ。そこは苦労しています」

「だったら、王国財政から200億円ほど、宇宙ビジネス投資として、資金を回しましょうか」

「それはうれしいですが、条件はありますか？」

「メディアに出演したときに、『王国財政は莫大な借金を抱えていて、経済破綻を防ぐためには、消費税の継続的な引き上げが不可欠だ』と言って欲しいんです。いかがでしょう」

「それで200億円になるなら、やりますよ。そんなコスパのよい話はないですから」

次に呼ばれたのは、財界トップの王国経済団体連合会のクジャク会長でした。

「年末の税制大綱に、事実上大企業だけが利用できる租税特別措置を盛り込みますから、消費税増税に賛同してくれますよね」

「もちろんです。ついでに、高所得者への国民年金給付をカットする提言も出しましょう。国民年金の財源の半分は税金ですから、カラスさんにとってもよい話ですよね」

三番目に呼ばれたのは、増税に反対する論説を展開してきた大学教授のウサギさんでした。

「先日、先生と同様に消費税増税に反対していた同僚の教授のところに税務調査が入ったのをご存じですか？」

「それは知らなかったけど、我々サラリーマンは、いくら税務調査を受けても、大した追徴課税は受けないでしょう」

「そうでもないですよ。同僚の先生には、数千万円の追徴金を請求しました。経費認定をするかどうかは現場の国税調査官の判断でどうにでもなりますし、延滞税や重加算税など、追徴金を増やす手立てはいくらでもありますから」

四番目に呼ばれたのは、情報番組のコメンテーターとして、頭角を現してきたお笑い芸人のチンパンジーさんでした。

「最近、絶好調ですね。コメントを聞いていると、地頭がよいのが伝わってきます。だからお分かりだと思いますが、発言するときには視聴者に増税が必要だと語りかけてくれますよね」

「そうすればメディアに出続けられるんですね」

「もちろんです。すでにテレビ局や親会社の新聞社、そしてスポンサー企業に至るまで、すべてご理解を得ていますから」

「分かりました。テレビに出られるようになって、ボクの年収は500倍になりました。その立場を失いたくはないですから」


最後に呼ばれたのは、首相のハトさんでした。


「ハトさんは、お母さんから毎年1000万円を超える子供手当をもらい続けていますね」

「政治にはお金がかかりますから」

「でも、厳密に言うと、そこには贈与税がかかるんですよ。でも、これまで税の申告を一切していませんよね。もし摘発を受けたら、裏金議員として、一瞬で政治生命を失いますよ」

カラスさんの会話に耳をそばだてていた大きなニシキゴイは、ついに堪忍袋の緒が切れて、カラスさんを尻尾で思い切りひっぱたきにいきました。ただ、カラスさんは動じることなく、料理長に声をかけます。

10分後、カラスさんとハトさんの前には、新鮮な鯉の活け造りが並びました。

エビとカニのPK戦

リストラ

深刻な不況に直面したアニマル王国では、各社が経営を守るために、リストラに躍起になっていました。

エビさんとカニさんが勤務する中華料理店でも、従業員を一人減らさないといけません。

問題は、誰を切るかです。

リストラの候補になったのは、エビさんとカニさんでした。ただ、どちらをリストラするかは、誰にも決められません。

そこで、二人でＰＫ（ペナルティ・キック）戦を行い、負けたほうが会社を辞めることになりました。

初戦はエビさんがキッカー、カニさんがゴールキーパーです。

エビさんは、体をくねらせ、尻尾でボールを叩き、ゴールポストギリギリにシュートを打ちました。

ところが、カニさんは、得意の横歩きで移動し、このシュートを弾いてしまいました。

今度は、カニさんがシュートする番です。

カニさんは、ボールを力いっぱい蹴りまし

たが、エビさんのような剛速球にはなりません。ボールは、コロコロと地面を這うようにゆっくりとゴールに向かいます。

普通なら、容易にゴールキーパーがキャッチできるスピードですが、ここで事件が起きました。

エビさんは、前後の移動は素早いのですが、横移動がほとんどできません。結局、カニさんの放ったゆるいシュートに追いつけず、ゴールを決められてしまったのです。

その日の夜、エビさんとカニさんが勤務していた中華料理店では、エビチリとエビチャーハンが振る舞われました。

凶弾に倒れたライオン王

総選挙

アニマル王国の王宮は、ハチの巣をつついたような大騒ぎになっていました。

「王様が倒れた。いま病院に緊急搬送されている」

「銃で撃たれたらしい。かなりの重傷らしい」

「緊急手術が始まったそうだ」

ライオン王が撃たれたという情報は、あっという間に王国に広がりました。そして数時間後、王国住民がもっとも恐れた事態が起きました。王様が命を落としてしまったのです。

あいにくライオン王には、お世継ぎがいませんでした。このままだと、王国は大混乱に陥ります。傷心の家来たちは長老のマントヒヒさんに相談をしにいきました。


「確かに、非常にまずい事態になったな。早く新体制を築かないと、王国の存亡にかかわるぞ」

「どうすればよいと思いますか？」

「王様にお世継ぎがいない以上、何らかの方法で、すぐに次の王様を決めないといけない。ニンゲンの真似は好きではないが、ニンゲン界では民主主義というのが流行っているらし

い。それをやったらどうかな」

「具体的に何をすればよいんですか？」

「次の王様を住民全員の選挙で選ぶんだよ」


他に選択肢がなかったので、アニマル王国では、建国以来初めての総選挙が行われることになりました。

ライオン王には、トラさん、ジャガーさん、チーターさん、ヒョウさんなどのファミリーがいました。ファミリーを代表して、次期国王に立候補したのは、トラさんでした。


一方、対抗馬となったのが、ライオンファミリーと対立を続けてきたハイエナさんでし

た。一見やさしそうに見えるハイエナさんですが、ライオン王は、ハイエナさんの狡猾性や凶暴性を見破っていたのです。ただ、住民は気付いていません。ハイエナさんは、選挙戦でこう言いました。

「ボクが次期国王に選ばれたら、その時点でノーサイドです。それからは、すべての住民の声に耳を傾け、全員が納得する政治を行っていきます」

僅差でしたが、総選挙で勝利したのはハイエナさんでした。そして、新しい国王に就任したハイエナ王が最初にした仕事が、ライオン一族を王国近くの島に流刑にすることでした。

「彼らは裏金を作って、国民の目を欺いてきた。当然の報いだ。ただ、島は王国のすぐ近くにある。本当に王国を愛する気持ちがあるのであれば、自力で泳いで戻ってくればよい。そうすれば、恩赦を与える」

ハイエナ王は、ライオン一族だけでなく、トラさんやヒョウさんなど、政治にかかわっていないライオンファミリー全員を島流しにしました。ただ、ライオンファミリーは泳ぎが得意ではありません。結局、ライオンファミリーは絶滅し、王国から完全に姿を消すことになりました。

一方、王宮に入ったハイエナ王は、放蕩三昧の暮らしを始めました。ただ、王国の住民で声をあげる者は誰もいませんでした。

ハイエナ王に逆らったときの仕打ちは、ライオンファミリーを見ていれば、誰の目にも明らかだったからです。

猛獣レストラン

権力者

ハイエナ王によって、ロイヤルファミリーだったライオン一族が島流しにあってから3年が経ちました。

そこで初めてハイエナ王は島に降り立ちました。

「3年間、よく頑張ったな。君たちに恩赦のチャンスを与えよう。君たちのなかで勇気のある者は、申し出てくれ。王国の闘技場で、ハイエナ族の勇士と闘うんだ。もしそこで勝利したら、市民権を復活させよう」

元ロイヤルファミリーが闘技場に登場することは、ハイエナ王の権力維持に大きな効果を持ちました。

一つは、もちろんハイエナ王の権力の誇示です。かつての王族が、死闘を繰り返すのを、ハイエナ王は特等席から高みの見物をするのですから、住民はハイエナ王の権力を認識せざるを得ません。

もう一つは、王国住民のガス抜きです。重税に苦しむ住民たちにとって、格好のストレス発散の場となったのです。

ただ、底意地の悪いハイエナ王は、本気でライオン一族に恩赦を与えようとは思っていませんでした。王国への移動の際に、ライオン一族の食事にそっと毒を仕込んで、体を弱らせていたのです。当然、闘技場では、ライオン一族の連戦連敗が続いていま

した。

ハイエナ王の冷酷非情ぶりは、それだけでは済みませんでした。

闘技場の近くには、いつも行列の絶えない人気レストランがありました。猛獣の肉が食べられるというのが最大の売りでした。

「いままでいろいろな肉を食べてきたけれど、これだけ気品のある、締まった肉は他にないよな」

「そうだね。ただ、この肉は、いつも品切れで、なかなか食べられるチャンスがないんだよ」

「ただ、不思議なことに、闘技場の戦いの後は、比較的メニューに登場することが多いんだ」

「それは知らなかったな。じゃあ、次の闘技場での戦いの後に、もう一度きてみるよ」

その客は、次のライオン一族とハイエナ勇士の戦いが行われた日の翌日、レストランを訪れました。ところが提供された肉は、締まりがなく、小動物のような香りがします。

不機嫌になった客は、シェフを呼んで問いただしました。

「いつもの猛獣の肉は、あんなにおいしいのに、今日はなぜ不味いんだ」

「お客様、申し訳ありません。昨日の戦いでは、ハイエナ族の勇士が初めて負けてしまったんですよ」

ハイエナ王と呪術師

投資

ハイエナ王が君臨するようになって、アニマル王国の年貢は、毎年のように高くなっていきました。放蕩三昧を続ける王室の費用をまかなうためです。

やがて、年貢の割合は、収穫の6割を超えるようになりました。

王様の家来が、ハイエナ王に恐る恐る進言します。

「王様、さすがに6割は取りすぎです。住民の不満が限界まで高まっています。このままだと、一揆が起きかねません」

「もっと絞れば、いくらでも年貢は取れるんじゃないか」

「もう住民の暮らしは、乾いた雑巾になっています。いくら絞っても、一滴も出てきませんよ」

「分かった。対策を考えるから、少しだけ時間をくれ」

ハイエナ王には、お抱えの呪術師がいました。王様は、呪術師を呼んで、対策を聞きました。

「王様は、どれくらい年貢を取れば納得するんですか?」

「できれば、根こそぎ取りたい」

「それは年貢の割合を100%にするということですか?」

「もちろんそうだ」

「分かりました。秘策を授けましょう」


翌日、ハイエナ王は王宮に家来たちを集め、一人10枚ずつ、証券を配りました。証券には、ハイエナ王の肖像画入りで、「王国特別債」という文字が並んでいました。


「王様、これは一体何ですか?」

「君たちは今日からこの証券を持って、住民のところを回りなさい。そして、『あなたは特別に選ばれた住民です。この証券を持っていると、年間40%の利息が支払われます。王様の保証つきです』と伝えるんだ」

「住民は信用しますか」

「大丈夫だよ。私自身が、貯蓄から投資へキャンペーンをはっていくから」

王国特別債は、羽が生えたように売れていきました。何しろ、王様のお墨付きで、高利回りが得られるのです。住民の暮らしは困窮を極めていましたが、預貯金を解約し、なかには自宅を売却してまで、王国特別債を買う住民まで出てきました。

ただ、特別債には、何の裏付けもありません。特別債で集められた資金は、すべてエスカレートする王様の贅沢に使われてしまいました。

最初にインチキに気付いたのは、知恵者のチンパンジーくんでした。チンパンジーくんは、保有するすべての王国特別債をそっと売

却しました。ただ、売却するところをオウムさんに見られてしまいました。オウムさんは、王国中にチンパンジーくんの行動を触れて回りました。

王国特別債は売却の嵐に巻き込まれ、最後は紙屑になってしまいました。

重い税負担で疲弊していた王国住民は、老後のために貯めてきた資産さえ、すべて失ってしまいました。そのせいで、王国の住民は次々に命を落とし、結局、アニマル王国は滅亡してしまいました。

いま、アニマル王国の跡地は、深いジャングルのなかで、誰にも知られずに、ひっそりと眠っています。

アニマル・トラフ大地震

地震対策

アニマル王国の公会堂で、地震学者のフクロウ先生が、住民説明会を開きました。

「皆さん、なぜ大地震が起きるか分かりますか。ゆっくりと移動する地中のプレートが別のプレートにぶつかり、沈み込むときに歪みが蓄積されます。その歪みが限界を超えると、歪みを解消するようにプレートが一気に動いて、大地震が発生するのです。皆さんの住んでいるアニマル王国は、プレートの境界に立地しています。皆さんの足元では、海側のフィリピン海プレートが、陸側のユーラシアプレートの下に、1年あたり数センチのスピードで沈み込んでいるため、これまでも100年から150年間隔で大地震が発生してきました。いまもっとも警戒すべき大地震の発生地がアニマル王国なのです」

ブーちゃんがフクロウ先生に質問をしました。

「どのくらいの確率で大地震が襲ってくるのですか？」

「正確には分かりませんが、今後30年以内に70％の確率でやってくるといわれています」

「ボクたちは、どう対処すればよいのですか？」

「常日頃から、いつ大地震が襲ってきても大丈夫なように準備をしてください。家具を固定する、乾電池や毛布、ラジオなどの防災用品や非常用の食料、水などをストッ

クしておいてください。支援が届く2週間後までは、自分で暮らしを維持できる準備が重要です。今日は、防災グッズの販売コーナーも準備しましたから、足りないものは買い足してください」

王国の住民は、販売コーナーに殺到し、防災用品は飛ぶように売れていきました。それだけではありません。王室は、ニンゲン王国と共同で、観測網の整備など、アニマル・トラフ大地震発生の予知のために、大きな投資を始めました。

ただ、ブーちゃんには、ぼんやりした疑念がありました。福島、熊本、北海道胆振、そして能登半島と、近年の大地震はすべてアニマル・トラフと関係のない場所で発生しています。一体、何故なのか。ブーちゃんは、村一番の科学者であるインコ先生に意見を聞きにいきました。インコ先生の答えは驚愕のものでした。

「そもそもプレート移動説が間違っているのです。プレート移動説は、ある科学者の思い付きに基づくもので、科学的根拠はまったくありません。大地震の本当の原因は、マグマが蓄積した高熱が移送されるときに発生するエネルギーなのです。だからアニマル王国の地震発生確率が高いというのは、真っ赤なウソなんです」

「そんな話は聞いたことがないですよ。もしそれが真実なら、ニンゲン王国もアニマル王国も、なぜアニマル・トラフ大地震のリスクを煽るんですか？」

「それはボクには分かりませんが、おそらく利権のためじゃないですか。現に、公会堂の防災グッズは飛ぶように売れているし、アニマル・トラフの地震予知対策で食べさせても

らっている学者は、たくさんいますからね」

その後、いつまで経っても、アニマル王国に大地震は来ませんでした。その代わりに、ほぼ10年おきにアニマル王国以外の地域を大地震が襲い、そこでは大きな被害が発生しました。

アニマル王国で大地震という前提で対策を練っていたために、別の地域の地震対策がおろそかになっていたからです。

来年の桜は見られない

余命4か月

「来年の桜は見られないと思いますよ」

ブーちゃんが主治医のヤギ先生から末期がんの宣告を受けたのは、年末のことでした。余命わずか4か月です。

普通は、余命宣告を受けると動揺し、取り乱してしまうのですが、ブーちゃんは冷静でした。

ブーちゃんは、あの世の存在を信じていません。だから、残された4か月をどう過ごせばよいのかということにすぐに関心が移ったのです。

ブーちゃんは、仲良しの野良猫、タマちゃんに相談しました。

「残りの4か月、どう過ごしたらいいと思う？」

「世のなかには、いままで行けなかった旅行に出かけたり、豪華レストランで食事をしたりする人が多いよね。ただボクは、そんなことに時間を使うのは、もったいないと思うんだ」

「じゃあ、どうしたらいい？」

「現世を、きれいに去ることを優先したらどうかな。捨て猫は、この世に何も持たずにやってきて、死期を悟ると、誰にも分からないところに出かけていって、息を引き取る。この世に何も残さないんだ。何も持たずに生まれてきて、何も持たずに死んでいく。それが現世を生きる人に迷惑をかけない一番の方法だと思うよ」

ブーちゃんは考えました。さすがに放浪の旅に出るわけにはいきません。そこで4か月の間に、モノ、カネ、ヒトの生前整理に取り組むことにしたのです。

ブーちゃんは、森の掃除屋、ゴミムシさんを呼びました。

「衣類や家財道具すべてを引き取って欲しいんだけど、買ってくれるかな」

「いまは廃棄物処理のルールが厳しくなっているので、買い取りはできません。ただ、処分費用を支払ってくれるなら引き受けますよ」

ブーちゃんは、時間の節約のため、結構なお金を支払って、すべての持ち物を処分しました。ブーちゃんの私物は、トラック1台山積みになりました。

そして次に取り組んだのがカネの整理です。

銀行や証券会社を訪ねて、すべての投資や外貨預金を現金化しました。窓口では、さんざん待たされましたが、そこそこの資金を手にすることができました。ただ、そのお金は、高額のがん治療費に消えていきました。

最後にブーちゃんが取り組んだのが、ヒト、つまり人間関係の整理でした。

正確にいうと動物関係ですが、ブーちゃんにもお付き合いのある仲間がたくさんいました。それらをすべて切り捨てようとしたのです。具体的には、皆から嫌われるようにと考えたのです。そうすれば、悲しむ仲間がいなくなるからです。

ただ、その作戦はなかなかうまくいきませんでした。特に長年連れ添った妻との関係をばっさり切り捨てることができなかったのです。

それでも、仲間とのコミュニケーションをある程度縮小することに成功したブーちゃんは、南の島のビーチに向かいました。残された航空会社のマイレージを使っての片道旅行です。

「いろいろ波乱万丈あったけど、楽しい人生だったな」

無人の離島のビーチで、ブーちゃんはタバコに火を付けました。

タバコはゆっくりと燃えていきます。そしてタバコが燃え尽きると同時にブーちゃんの命も燃え尽きました。

その後、ブーちゃんが発見されることはなく、その姿を見た人は、いまだに誰もいません。

2章

無知ではいけない

犬笛で動くメディア

増税

アニマル王国のライオン王が、財務大臣のゾウゼイスル象を呼びつけました。

「象さん、最近、減税で国民の手取りを増やそうという主張をする政党が人気を集めているそうじゃないか。早めに手を打たないと、大変なことになるぞ」

ゾウゼイスル象は、心のなかでは、「あんたが放蕩三昧するから、国民負担が増えているんじゃないか」と思いましたが、もちろん王様の前でそんなことは言えません。

「王様、大丈夫です。笛一つで我らの思い通りの報道をしてくれる子犬ジャーナリストを育ててありますから」

早速、ゾウゼイスル象は、子犬たちを集めました。チャウチャウテレビ、チワワ新聞、柴犬ラジオなどに属するジャーナリストです。

「いいか。無責任な減税論を戒める報道をしろ。いますぐにだ」

ゾウゼイスル象は、犬笛を吹きました。

「ピー!!」

それを受けて、子犬たちは一斉に記事製作に取り掛かります。翌日の報道は、「財源確保なきバラマキ減税は無責任」という記事が並びます。

王様はたいそう喜びました。

「柴犬ラジオだけ、ちょっとトーンが弱いが、これで大部分の国民はだまされるだろう。象さん、このパターンで増税を進めてくれたまえ」

数年後、子犬ジャーナリストたちは、すっかり大人になりました。

ゾウゼイスル象は、彼らに消費税率の再引き上げを正当化する記事の製作を命じました。

「王国の社会保障を守るためには、消費税の引き上げが不可欠という記事を書きなさい」

「ピー!!」

犬笛が響きわたります。ところが、柴犬だけが動きません。それどころか、ゾウゼイスル象を睨みつけ、唸り声をあげています。

子犬の時代には分からなかったのですが、大人になってＤＮＡ検査をすると、柴犬と思っていた子犬は、実はオオカミだったのです。

オオカミはゾウゼイスル象に飛び掛かって、喉元に噛みつき、ゾウゼイスル象は命を落としてしまいました。

仕事は宗教家

献金

アニマル王国のブタ村に住むブーちゃんのお仕事は評論家ですが、彼にはもう一つの顔があります。「宗教家」です。

アニマル王国は、ニンゲン王国との独立戦争を経て、独立国の地位を手に入れましたが、長引いた戦争のおかげで国土は疲弊し、住民も貧困や飢餓のどん底にいました。そうしたなかで、国中に未来に対する絶望が広がっていました。

住民の絶望をどう解決すればよいのか。ブーちゃんは山にこもって、考えに考え抜きました。そしてついに結論に達します。

それは、住民をだますことでした。ブーちゃんは、分かっていました。あの世なんて存在しない、ましてや神様も仏様も存在しない。あるのは、「現世」だけです。ただ、そのことを住民にストレートに伝えることはできません。ただでさえ、辛い現世を過ごしているのに、未来もないなんて、絶望に輪をかけるだけだからです。

ブーちゃんは、ブーちゃん教を立ち上げ、教祖となりました。そして住民にこう語りかけたのです。

「経典を読むことも、修行をすることも、戒

律を守ることも不要です。ただひたすら、声に出して呪文を唱えなさい。そうすれば、男も女も、金持ちも貧乏人も、すべての動物が、天国で幸福を得ることができます。さあ、呪文を唱えましょう。ブー・ブー・ブー」

呪文を唱えれば、天国で幸せになれる。その思いは、信者の現世に前を向く希望を与えました。

ブーちゃんは、信者だけでなく、修行僧にも厳しい戒律を求めませんでした。また、多額の献金も受け取りませんでした。あくまでも現世を充実させるためです。

ブーちゃん教が誕生した頃、アニマル王国にもう一つの「宗教」が登場しました。ゴリラさんが主宰するゴリラン教です。ゴリラン教は、住民を恐怖にさらすことで、信者を増やしていきました。

「あなたの暮らしが苦しいのは、先祖代々から受け継ぐ原罪を抱えているからです。

原罪を払拭するためには、教団に献金をしなさい。お金がなければ、家屋敷を売り払ってください。教団にすべてを捧げなければ、あなたやあなたの家族、子孫にさらなる厄災が及びますよ」

ゴリラン教は、多額の献金をすることで、王室の庇護を得て、どんどん勢力を拡大していきました。

一方で、ブーちゃん教は、信者をなかなか増やせませんでした。

ただ、およそ20年の時が経った頃、アニマル王国に変化が現れました。

ゴリラン教に入信した種族の暮らしは、一層苦しくなり、なかには絶滅してしまう種族まで出てきました。

一方、ブーちゃん教を信じた種族の暮らしは少しずつ改善していきました。前向きの気持ちが、一生懸命働くことを促したからです。

いま、アニマル王国を訪ねると、国中から住民たちの声が響きわたっています。

「ブー・ブー・ブー。ブー・ブー・ブー。ブー・ブー・ブー」

フェレット弁護士がかざすルール

受入検査

「通常は10万円以上する革ジャンが、今日はなんと9800円」

普段はニンゲン王国で暮らしているフェレットさんが、アニマル王国の公会堂前広場に臨時出店しました。

激安の革ジャンが手に入るという噂は、あっという間に王国中に広がり、フェレットさんの売る革ジャンは、ほんの数時間で完売となりました。

革ジャンを手に入れたアニマル王国の住民たちは、心躍らせて家路につきましたが、家に帰ってよく見ると、傷があったり、ボタンが紛失していたりと、不良品ばかりでした。

それもそのはず。フェレットさんは、ニンゲン王国で売り物にならない不良品を二束三文で大量に仕入れ、それをアニマル王国に持ち込んで、売りさばいていたのです。

購入した革ジャンの欠陥にいち早く気付いたカワウソさんが、急いで広場に戻ってきました。フェレットさんは、販売用テントの片付けをして、ニンゲン王国に戻ろうとしているところでした。

「フェレットさんひどいよ。いくら安いといっても、完全な不良品じゃないですか。返金

か、新品に交換してください」

「それはできません。あなたは、革ジャンを受け取ったときに、受け取りのサインをしていますよね。そこで契約が完全に履行されていますから、その後は文句が言えないんです」

「それは商人の心構えとして、いかがなものかと」

「カワウソさん、ボクはニンゲン王国で弁護士もしているんですが、商品の受入検査をして、そこで受け取りのサインをした時点で、すべての取り引きは完了しているんです。遡及して条件を見直すことは、法律的にできないんですよ」


それまでアニマル王国では、買った品物に問題があった場合は、業者が返品・交換に応じるという習慣が続いてきました。

ところが、フェレット弁護士が持ち込んだ「ルール」によって、すべての取り引きは、厳格な検品をしないといけなくなってしまいました。サインをしたら、だまされたと主張しても、だまされたほうが悪いという社会に変わってしまったのです。

ただ、それだと受入検査の作業が膨大になってしまうので、新しいルールが作られました。

それは、不良品の混入率の上限を発注書に記載することでした。

そうすれば、厳格な受入検査の必要がなくなり、仮に限度を超える不良品が見つかれば、後から返品・交換を要求することができるようにしたのです。

その後のことでした。自動車部品工場を営むミーアキャットさんの工場からは、部品をハンマーで叩く音が毎日聞こえるようになりました。

カワウソさんは、ミーアキャット社長に聞きました。

「せっかく作った部品をハンマーで叩いたら、壊れちゃうじゃないですか」

「いいんだよ。壊しているんだから」

「なぜ壊すんですか」

「発注書を見たら、不良品の混入率3％と書いてあったんで、まず完全品を100個作って、そのなかから3個を叩いて、不良品率3％の部品セットを作っているのさ」

熱帯魚挟み撃ち

動かない

南の島に住む太郎くんは、岩場に隣接するビーチで大阪からやってきた親子に出会いました。

二人はそれぞれ「たも網」を持っていて、タイミングを合わせて素潜りを繰り返しています。

「何をしているの?」

「熱帯魚の子供を獲ってるんや」

オトンがそう答えます。

太郎くんが海面に浮かべられたバケツを覗くと、そこには2センチほどの鮮やかな色どりの稚魚がたくさん入っていました。

「この魚をどうするの？」

「これを大阪に持ち帰って、ペットショップに売るんや」

「それで儲かるの？」

「まあ、ボチボチやな」

太郎くんは、ボンに頼みました。

「面白そうだから、網を貸してくれない？」

「ええよ。ちょうど休憩しようと思ってたとこやから」

太郎くんは、潜って、たも網を魚に向けましたが、稚魚とはいえ猛スピードで逃げるので、一匹も捕まえられません。何度挑戦してもダメなので、太郎くんは疲れ果ててしまい、ボンにつぶやきました。

「どうして獲れないのかな」

「一人では絶対に無理や。二人同時に網を入れて、前後から挟み撃ちにするんや」

確かに前後から挟み撃ちにされると、前の網を逃れてバックした魚が後ろの網に入ってしまいます。太郎くんは、オトンとボンの息のあった挟み撃ちをずっと眺めていました。

そして捕まらない魚がいることに気付きました。それは、「動かない魚」でした。前にも後ろにも動かなければ、網にかかることはないのです。

当時、太郎くんは悩んでいました。

生活を改善するために、労働時間を増やすか悩んでいました。ただ、収入を増やすと税金が増えます。増えた税金をまかなうためにさらに労働時間を増やす必要が生まれるという悪循環に陥ります。

太郎くんは、余分に働くことをやめました。

命を守るために「動かない」ことにしたのです。

南の島の三匹の子豚

台風

南の島に、子豚の三兄弟が誕生しました。

長男のブーちゃん、次男のフーちゃん、三男のウーちゃんです。

三兄弟は、性格が大きく異なりました。

食事のときも、長男のブーちゃんは、料理を皿のまま口に運びます。

「テーブルマナーなんて、くそくらえだ。お腹が満たされれば、それで十分だろ。皿から直接食べれば、フォークもナイフも汚れないし、皿をきれいになめるから、後片付けだって楽になるじゃないか」

それと比べると、次男のフーちゃんは、常識をわきまえています。ナイフとフォークを上手に使って、料理を口に運びます。
ただ、フーちゃんには少し抜けたところがあって、せっかく出されていたナプキンを使うのを忘れて、そのままテーブルに放置していました。

三男のウーちゃんは、三兄弟のなかでももっとも几帳面で、完璧なテーブルマナーを身に付け、器用に料理を口に運びます。隙のないその振る舞いは、気品さえ漂わせていました。

三兄弟が誕生日を迎えた日、独り立ちに向

けてそれぞれの家を自分で建てることになりました。

長男のブーちゃんが使ったのは、黒糖を搾った後のサトウキビの搾りかすでした。

「家なんて、寝るだけなんだから、一生懸命作っても意味がないよ。搾りかすなら、タダで手に入るし、フカフカで布団を敷く必要もないじゃんか」

ブーちゃんは、搾りかすを積み上げて、ものの30分も経たないうちに家を完成させました。

次男のフーちゃんは、コツコツと木材で家を建てました。性格的に抜けているところがあるので、あちこちに隙間ができてしまいましたが、それでも、家らしい家が出来上がりました。

三男のウーちゃんの家は、完璧といえるものでした。設計図を描き、構造計算をして耐震性を確保し、石を積み上げて作った家は、数百年はびくともしないような偉容を誇っていました。

三匹の家が出来上がった後、南の島を最大風速70メートルの猛烈かつ巨大な台風が襲ってきました。

長男ブーちゃんの家は、台風がくる前の風で、ブーちゃんもろとも、早々に吹き飛ばされてしまいました。

意外だったのは、三男のウーちゃんの石の家でした。

頑丈にできてはいたのですが、さすがに70メートルの風にさらされると、ばらばらになり、天井から落ちてきた石で、ウーちゃんも命を落としてしまいました。

三兄弟のなかで唯一生き残ったのが、木の家に住んでいたフーちゃんでした。

実は、フーちゃんは、家を基礎に止める工事を忘れていました。そのため、台風がきたとき、家は少しずつ台風の圧力で移動していったのです。

台風が去ったときには、フーちゃんの家は、もともとあった場所から10メートルもずれていましたが、そのことによって家がショックを吸収して、壊れることはありませんでした。

台風への柔軟な対応が、フーちゃんの家とフーちゃんの命を守ったのです。

都会に出てきた三匹の子豚

ルール

南の島から子豚の三兄弟がニンゲン王国の都会にやってきました。何事に対してもやる気のない面倒くさがり屋の長男・ブーちゃん、バランス感覚に優れた次男のフーちゃん、そして几帳面を絵に描いたような三男のウーちゃんです。

空港に出迎えにきたのは、ツアーガイドのカナヘビさんでした。

「お母さんから、皆さんが都会でも一人で行動できるように、トレーニングをしてくださいと頼まれています。長旅でお疲れのこととは思いますが、とりあえず今日はウォーミングアップということで、信号のついた交差点を渡る体験をしてもらおうと思

います」

すぐさま几帳面なウーちゃんが聞きます。

「信号って何ですか?」

「そうですよね。アニマル王国に信号はないですからね。あそこの交差点を見てください。光っているのが信号です。赤色のときは渡ってはいけません。青が点滅したら、次に青になるまで待ってください。青のときだけ、渡ることが許されます。それでは、皆さん、一人ずつ違う交差点で横断歩道を渡る訓練をしましょう。自分で考えて、自分で行動してくださいい。そうしないと覚えないので。私は10分くらいしたら、戻ってきます」

10分後、カナヘビさんが、面倒くさがりのブーちゃんのところに戻ると、ブーちゃんは、まったく動いていませんでした。

「どうしたんですか？」

「だって、おじさんは、青になったら渡れと言ったじゃないですか。信号は赤と緑ばかりで、青には一度もならなかったよ。だからずっと待っていたんだ」

カナヘビさんが最後に訪ねたのは、バランス感覚に優れたフーちゃんのところでした。フーちゃんだけは、自由に交差点を行き来していました。

「無事に信号を克服しましたね。私のアドバイスは的確でしたか？」

「正直いうと、おじさんのアドバイスは一切

実行しませんでした。要するに車に轢かれないようにしましょうということですよね。だからボクは信号のことは一切考えずに、車の流れが切れたところで、横断歩道を渡るようにしたんですよ。それで何の問題もありませんでした」

「それはルール違反ですよ。車が来なくても、赤信号のときには、立ち止まらないといけないんです。それはニンゲン界のオキテに反します。逮捕されるかもしれませんよ」

「おじさん、大丈夫ですよ。それはニンゲン界のルールじゃないですか。ボクはニンゲンではなく、ブタですから」

ピンクの子羊

美しさ

アニマル王国にピンク色の子羊が生まれました。

その毛並みは、ピンクダイヤモンドのように輝いて、ピンクサファイアのように上品な光沢を放っていました。

ピンクの子羊はたちまち国中の評判となり、牧場に全国から見学者が殺到しました。

そして、口々に絶賛の声をあげたのです。


「なんという美しさだ」

「これを奇跡と呼ばずに、何を奇跡と呼ぼう」

そうした声が、ピンクの子羊の耳に入らないわけがありません。
桃子ちゃんと名付けられたピンクの子羊は、自分が美しいことをはっきりと意識するようになりました。

世間の期待を裏切るわけにはいきません。
桃子ちゃんは、自分の美しさを磨くため、あらゆる努力を重ねていきました。
日光に当たらないように、できるだけ外に出ず、高級なシャンプーとトリートメントを使って光沢を保ち、そしてブラッシングも毎日欠かさないようにしました。

桃子ちゃんは、日に日に、ますます美しくなっていきます。

そして、春が訪れました。

バリカンを持ったニンゲンがやってきて、あっという間に桃子ちゃんの美しい毛を根こそぎ刈り取ってしまいました。

あれだけ美しかった桃子ちゃんは、やせこけたみじめな姿に一瞬で変わってしまいました。

そのショックが原因かどうかはよく分かりません。ただ、その時を境に、桃子ちゃんから美しいピンクの毛が生えてくることは二度とありませんでした。

桃子ちゃんを絶賛する王国の住民も、一人もいなくなりました。

ただ、ニンゲン界では、ちょっとした騒動が起きていました。

桃子ちゃんから刈り取った羊毛で作った一枚のセーターが、高級ブランド店で売りに出されたのです。

その値段は戸建て住宅が買えるほどの高値の値札がつけられていました。

おばあといびき

老人

「グオー、グオー」

南の島の古民家の座敷から、大きないびきが庭先まで響きわたっています。

「おばあは、すっかり眠り込んでいるね」

「まあ、年だから仕方がないよ」

「だけど、すごい大きさのいびきだな」

親類や近所の人たちがおばあについて話すなかで、おばあが突然口を開きました。


「これは、いびきじゃないよ」

「じゃあ一体何なの?」

「おばあは、グオーと言いながら、アピールをしているんだ」

「どういう意味?」

「おばあは、『まだ生きているよ。ここにいるよ』って言っているんだよ」

「なぜそんな面倒くさいことをするの?」

「だってさ、最近は、『年寄りは邪魔だ』って主張する若者が増えてきたじゃない。そこで、しゃしゃり出たら、ますます袋叩きにあ

うよね。だから、なるべく若者に逆らわないように、おとなしくしているんだけど、そうしていると存在さえ忘れられてしまうだろう。だからおばあは、まだ生きているよと伝えたいんだ」

「そう思うんだったら、堂々と主張したらいいじゃない」

「それができない世のなかになっちゃったからね。何しろ、年寄りは集団自決しろって言う若者まで出てくる世のなかだからね」

「グオー、グオー」

おばあは、その後もいびきをかき続けました。

おばあとタバコ

タバコ

南の島の古民家、縁側でおばあが、ゆったりとタバコを吸っています。

火を付けたタバコを咥えて、肺の奥深くまで煙を吸い込み、そして吐き出した紫煙は、南の島の高い青空に舞い上がっていきます。

「おばあ、タバコは体によくないよ。なんで急にタバコを吸うようになったんだい」

近所のおじいが、声をかけました。

「おばあはね、子供の時代は親に従い、結婚したら今度は夫に従い、そして子育てに入ってからは、子供に従って、何の自由もない人生を送ってきたんだ。ようやく子供がみんな独り立ちして、家から出ていっただろう。いま、おばあはね、人生で初めて、自分の自由を手にしたんだ。だから、前から吸いたかったタバコを吸いたいんだよ」

「そうはいっても、自由を満喫するのにタバコを吸う必要はないんじゃないか」

「タバコじゃないとダメさ。タバコに聞いてみようか」

そう言うと、おばあはタバコの煙を肺に溜

めたまま、ポンポンと頬を叩き始めました。するとおばあの口からもれ出る煙は、輪っかになって、舞い上がっていきます。

「ほうら、タバコも『それでいい。○、○、○』って答えているだろう」

3章

見てはいけない

王様が考えた口減らし

温暖化

地球温暖化の被害は、アニマル王国にも及びました。いままで経験したことのない豪雨が襲ってきたのです。それは、国土の8割が水没するという深刻な事態をもたらしました。

当然の結果として、直後から国全体が飢饉に陥ります。このままだと、国民全員が共倒れになってしまいます。

ライオン王は熟慮を重ね、結論を出しました。それは、「口減らし」をすることでした。誰を残せばよいのか。ライオン王の結論は、賢い国民だけを残そうというものでした。王宮のバルコニーに立ったライオン王は、国民に語り掛けました。

「皆さん、食べるものがなくて大変苦労されていると思います。王室は皆さんのために食料を用意しました。ただ、食料はここにはありません。王宮の西、国境近くに配給所を設置しましたので、いますぐ各自で受け取りにいってください」

もうすぐ陽が落ちます。アニマル王国の国民は、急いで配給所に向かいました。「配給所はこちら↓」という看板を掲げた家来が辻ごとに立っています。それに従って多くの国民が夕陽を背に浴びながらひたすら歩いていきました。

ただ一部の国民は、気付きました。キツネさんが仲間に語り掛けます。

「王様は、配給所は王国の西のはずれにあると言っていたよな。でも、ボクたちは、夕陽を背にして歩いている。方向が逆だと思うんだよ」

カワウソさんが答えます。

「これは罠だと思うんだ。いますぐ引き返そう。夕陽に向かって進むんだ」

結局、配給所にたどり着いたのは、国民の2割ほどにとどまりました。多くの国民が、配給所を探しながら、行き倒れてしまったのです。その結果、王様が目指した口減らしは予定通り実現し、アニマル王国は飢饉から少しずつ立ち直っていきました。

ただ、一つだけ問題が起きました。それは王国が、軒並みズル賢い国民ばかりになってしまったことでした。

コスパ良ければ強盗も（王様の口減らしの続き）

闇バイト

建国以来の大飢饉を、賢い国民だけを残す口減らしを行うことでなんとか乗り切ったアニマル王国では、不思議な現象が発生しました。

それまでほとんどなかった強盗が頻発するようになったのです。

冬越しのために部屋いっぱいに食料をため込んでいたリスさんの家に強盗が入り、食料を根こそぎ持っていかれました。

強盗の実行犯は、フェレットさんやプレーリードッグさん、カワウソさんなどでした。ただ、その後の王室警察の捜査で、強盗には指示役がいることが分かりました。指示役はイタチさんでした。フェレットさんやプレーリードッグさん、カワウソさんは、闇バイトに応募しただけだったのです。

強盗事件に強い怒りを持っていたライオン王は、イタチさんを王宮に呼び出しました。

「リスさんは、秋に一生懸命働いて、越冬のための食料を備蓄したんだぞ。それを横取りするなんてひどいじゃないか。何でそんなことをしたんだ」

「それは、コスパがいいからですよ。自分で苦労して食料を集めるより効率的じゃないですか」

「いくらコスパがよくても、強盗はダメだろう」

「強盗をしても捕まらなければ、いいんです。もともと動物の世界は弱肉強食ですから。強いものだけが生き残るんです」

「そうはいっても、モラルの問題があるだろう」

「おかしなことをおっしゃいますね。飢饉のとき、賢い国民だけを選別して残したのは誰ですか。他人を思いやる国民は、あのとき、みんな死んでしまいましたよ」

「それでも、他人のものを奪ってはいけないという最低限守るべきルールはあるんじゃないか」

「そんなルールは存在しませんよね。だからボクも逮捕されていない。それに王様だって、やっていることは同じじゃないですか。ボクらから高い税金を取って、贅沢三昧をしてい

るんですから。強盗の分け前が欲しいんだったら、増税したらどうですか。ボクはルールは守るので、払いますよ。強盗の件数を増やせばいいだけですから」

イタチさんが帰った後、王座に深く腰掛けたライオン王は瞑想にふけっていました。

「自分がやっていることは強盗と同じ」

その言葉が頭から離れません。自分のやってきた国造りは正しかったのか。王様はいつまでも考え続けました。

マントルまで掘れ

温泉

アニマル王国のライオン王がモグラさん一族を集めて言いました。

「王宮の庭に天然温泉を作りたい。そこで君たちに穴を掘って欲しいんだ」

「王様、お言葉ですが、アニマル王国の地下には温泉の水脈がありません。普段から地下を掘っているボクたちには分かるんです」

「だったら深く掘ればいいじゃないか」

「それで温泉が湧き出すか分かりませんよ」

「いいから温泉が出るまで掘るんだ。出なかったら、マントルまで掘れ」

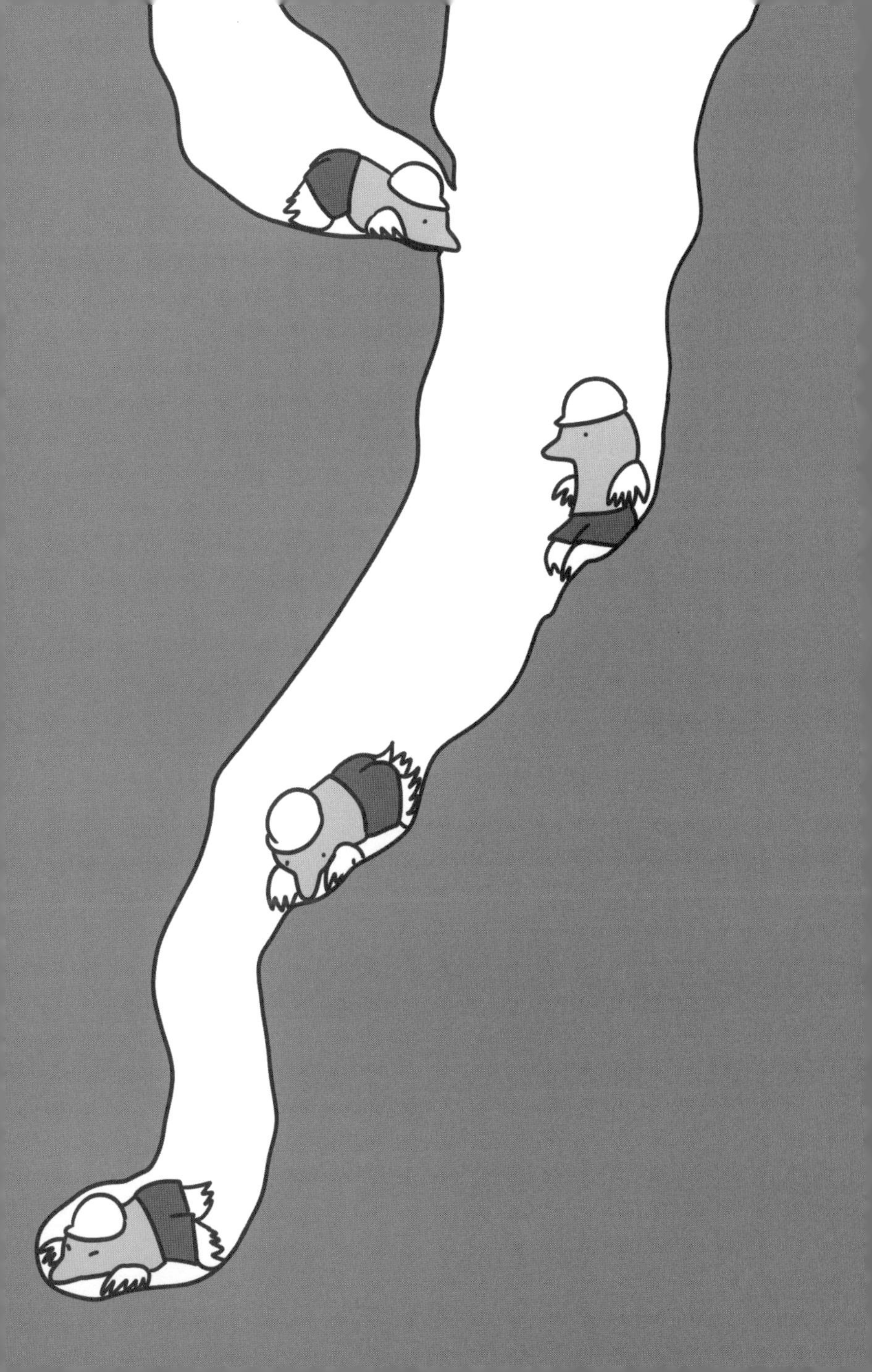

王様の命令とあっては仕方がありません。モグラさん一族は、深く穴を掘っていき、地上から差し入れたパイプを地中深く通していきました。ところがいくら掘っても温泉は出ません。数十メートル掘ったところで、モグラさんたちは限界を迎えてしまいました。

王様は、今度はゾウさん一族を集めました。

「君たちの足でパイプを踏んで、地中深くパイプを通して欲しいんだ」

「どれくらいの深さまで通せばよいのですか」

「パイプから温泉が噴き出すまでだよ。サボってはいけないよ。パイプをつなぎあわせながら、深く、深く通していくんだ」

真面目なゾウさんたちは、24時間操業でパイプを踏みつけ、地中深く延ばしていきました。そうした作業を一年以上続けた後、ついにパイプから温泉が噴き出しました。

王様はゾウさんたちに声をかけます。

「おうい、作業を止めろ。温泉が出たぞ」

ところが、勢いのついたゾウさんたちは、すぐには作業を止められませんでした。そして、パイプは水脈を突き抜け、パイプからは、空気しか出てこなくなってしまったのです。

ちょうどその頃、地球の裏側のブラジルでは、突然地表に現れたパイプの先端をみつけた動物たちが、「これは何だろう」と言いながら、集まっていました。

ゴールドラッシュ

採掘

アニマル王国は、南北を縦断する形でコロドラ川が流れています。ただ、その両岸は高く切り立っていて、グランドキャニオンのような風景が広がっています。それは自然が作り出したのではありません。

きっかけは100年前のことでした。

アニマル王国のモグラさんが、巣から地上に出るトンネルを掘っていたときのことです。

前足にコツンと何か硬いものが当たりました。金塊でした。総重量はおよそ100

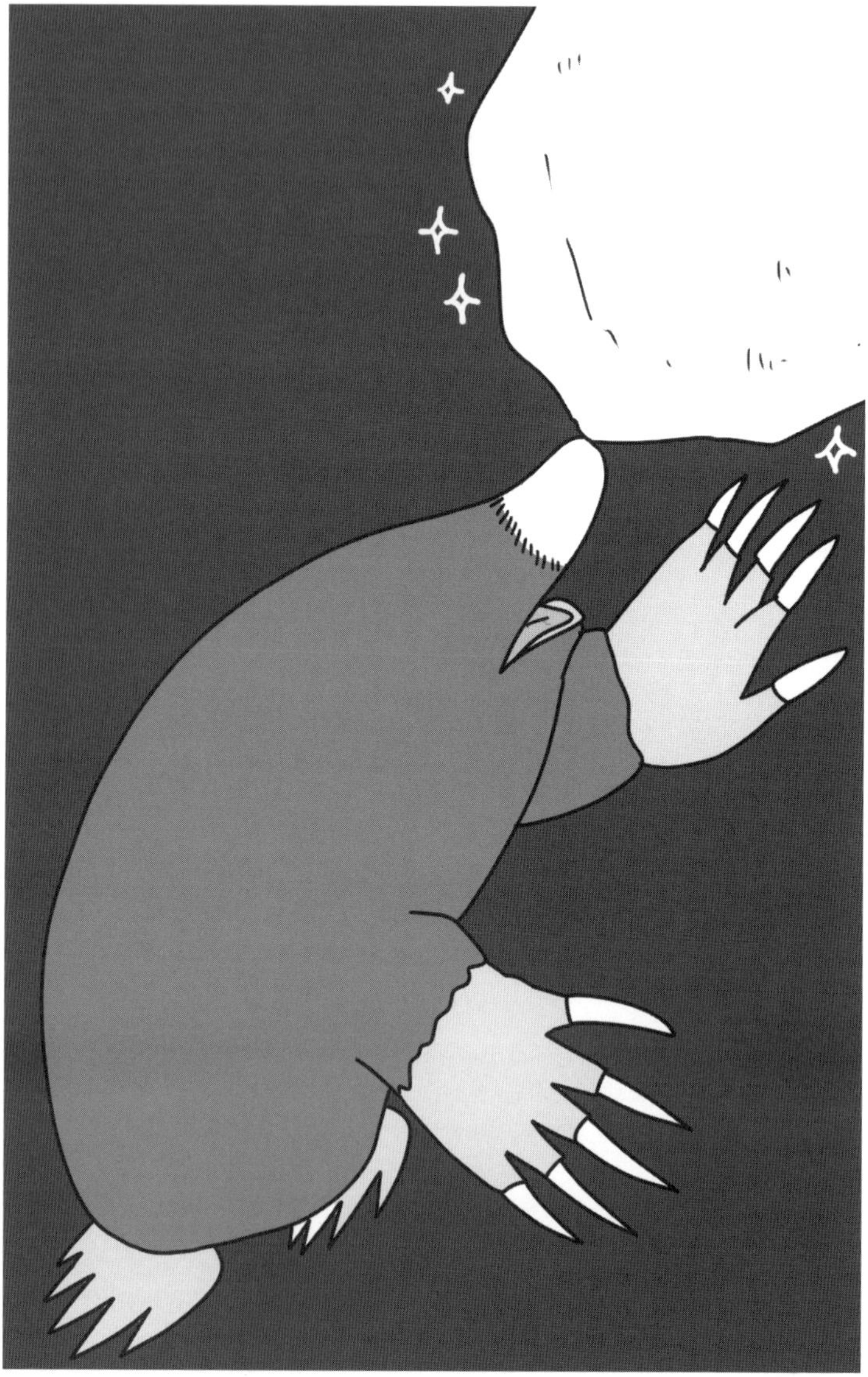

キロ、現在の金価格で14億円もの価値を持つものでした。

情報を聞きつけて、スコップを抱えた男たちが、ニンゲン王国から大挙してやってきました。大部分の男は、空振りに終わりましたが、何人かは金塊を掘り当てました。ただ、あまりに採掘者が増えたため、すぐにスコップでは金が採れなくなってしまいました。

「科学者から、すごい情報が入ってきたぞ」
「何が分かったんだい」
「山に存在した金が砂金となって、長い時間をかけて川に堆積する。それが金脈を形成しているということなんだ」
「ということは、コロドラ川を浚渫《しゅんせつ》すればよいということだな」

フットワークの軽い採掘者が、さっそく貨物船をチャーターし、川底を掬い始めました。大成功でした。

砂金を選別するためのトロンメルという洗浄機を動かすには大量の水が必要ですが、何しろ川での採掘ですから、水はいくらでも手に入ります。

一次洗浄を終えた採掘者が言いました。

「見てみろよ。砂のなかで大量の砂金がキラキラきらめいているぞ」

「これは大儲けだ」

すぐに世界中からコロドラ川に大量の船が集まってきました。川面は船で埋め尽くされました。

ビーバーさんは、住処を上流に移していなくなり、サカナたちも濁った水を嫌って、姿を消しました。

そして、川底の砂は、あっという間に掘り尽くされました。

そこでゴールドラッシュは終わると思われたのですが、そうではありませんでした。採掘者たちは、今度はパワーショベルなどの重機を持ち込み、コロドラ川を掘り始めたのです。

その結果、コロドラ川は、毎日深くなっていきました。

グランドキャニオン化した現在でも、コロドラ川の川底は、深くなり続けています。

マンドリルの心変わり

与党

アニマル王国では、一人の若手社会起業家が多くの住民の支持を集めていました。マンドリルくんです。もともと貧しい家庭で育ち、お金がないことの苦労を知り尽くしていた彼は、貧しい若者たちの生活を支援し、どんな逆境でも命を守ることの大切さを世間に伝え続けました。

そうした視点から、弱者を切り捨てているような王室の政策を、テレビやラジオ、そしてネットを通じて批判し続けたのです。また、自らＮＧＯを設立して、精神的、肉体的に追い詰められる若者たちの支援活動を実施しました。

その言行一致の活動に、多くの王国住民は共感したのです。

マンドリルくんは、非の打ち所がない存在です。

ただ、王国のなかでたった一人、マンドリルくんに疑問を抱く住民がいました。王国内のブタ村で村長を務めるブタのブーちゃんです。

ブーちゃんが違和感を覚えたのは、マンドリルくんの着ている服と乗っている車を見たときでした。

ブーちゃんはファッションに興味がないのでブランドのことは一切分かりませんが、服が高いか安いかはすぐに分かります。マンドリルくんの服は、明らかに高い服でした。

またテレビ局にやってくるとき、マンドリルくんが自らハンドルを握ってくるのは、明らかに値の張る外国車でした。

ブーちゃんは、マンドリルくんを問いただしました。

「服とか車に使うお金があったら、若者支援のほうに資金を回したらどうですか」

「これはNGOの活動とは無関係の個人として稼いだお金で買ったものです。NGO

の資金には一切手を付けていませんよ」
「それは、そうかもしれないけれど、ちょっと贅沢ではないですか」
「稼いだお金をどう使うかは、自由でしょう。ブーちゃんだって、わけの分からないおもちゃにお金を使っているじゃないですか」

ブーちゃんが抱えていた疑念は、思ったより早く表面化しました。
マンドリルくんが選挙に立候補したのです。しかも所属政党は、あれだけ批判してきた与党でした。ブーちゃんは早速マンドリルくんに聞きました。

「なんで権力側の一員として、立候補をしたんですか。それは、これまでマンドリルくんを支持してきた住民への裏切りですよ」

「相変わらずブーちゃんは、脳ミソが小さいですね。社会を変えようと思ったら、まず権力を握らないといけない。今回の立候補は、ボクの社会改革の第一歩なんです」

マンドリルくんは、見事に当選し、国会議員となりました。

ただ、年月を経ると、だんだん権力側の発想をするようになり、20年後、ついに彼は首相の座をつかみました。しかし、せっかくつかんだ首相の座が、弱者のための社会改革に役立てられることはありませんでした。

ブーちゃんは、アニマル王国の長老、メガネザルさんと、タクシーのなかで雑談をしていました。

「なんでみんな権力の虜になってしまうんですかね」

「実はボクも、かつて県知事を務めたことがあるんだけど、トップになると、『右向け右』と掛け声をかけるだけで、部下が指示通りに動くんだ。それが快感でやめられなくなるんじゃないかな。ただボクには、そんな権力欲はないから、途中で県知事を辞任したんだけどね」

そのとき、たまたまタクシーがアニマル都庁の前を通過しました。

落選はしましたが、メガネザルさんは、県知事退任後に都知事選に立候補していました。

横目で都庁を視界に入れたメガネザルさんは、ぼつりとこう言いました。

「ここに来てみたかったな」

原爆ピカドン

語り部

「キャ〜〜〜〜!!」

ブーちゃんの実家で、大きな悲鳴をあげたのは、ブーちゃんのお母さん、ブーコさんでした。

悲鳴の原因は、ブーちゃんのお父さん、ブータロウさんの発言でした。

夕飯をとる食卓で、ブータロウさんが言いました。

「ブーちゃん、今日のテレビのコメントで、原爆が地上に落ちたって発言したよな。それは大きな間違いで、実際に爆発したのは上空６００メートルだぞ」

「そうなんだ。でも教科書にはそんなことは書いていなかった気がするな。オヤジは何で知っているんだ？」

「オレは、目の前で見たんだ」

ブーコさんの悲鳴は、その言葉への反応だったのです。

結婚してから35年、ブーコさんは、夫のブータロウさんが被爆者であることをまったく知りませんでした。ブータロウさんが被爆の事実を隠し通していたからです。

ブータロウさんは当時学生でしたが、海軍予備学生として招集され、蛟龍《こうりゅう》という人間魚雷に搭乗する特攻隊員となりました。

広島湾での潜航訓練を終えて浮上し、ハッチを開けたとき、広島市内から閃光と爆発音が襲ってきました。

雲一つない空には、細かい金属片が広がり、それが太陽を反射してキラキラと光っていました。原爆の知識をまったく持ち合わせていなかったブータロウさんは、「なんてきれいなんだろう」とずっと金属片の瞬きを見つめていました。その間、ブータロウさんは、被爆し続けたのです。

被爆者が受けた被害は、長期間にわたりました。被爆したという事実だけで、子供に悪影響が出てくるという根拠のない噂が広がって、結婚のチャンスさえ奪われるケースが相次いだのです。

どうしてもブーコさんと結婚したかったブータロウさんは、被爆の事実をひた隠しにして結婚にこぎつけました。そして、ずっとブーコさんをだまし続けたのです。

食卓のブータロウさんが、重い口を開きました。

「ブーちゃん、どう思う」

「原爆は即座に14万人もの命を奪っただけでなく、オヤジのように長期間にわたって人生を狂わされた人がたくさんいるってことだよね。最近は、核兵器の共有だとか、核兵器のパワーバランスで平和が保たれているんだと言う人もいるけど、やっぱりアニマル王国は核兵器禁止条約を批准すべきじゃないかな」

「オレができることはあるかな」

「語り部になることだと思うよ。記憶はどんどん薄れていくからね」

ブータロウさんは、その後、少しずつ体験を語り始めましたが、すでに相当高齢になっていたため、体験がアニマル王国の住民に広く伝わることは、残念ながらありませんでした。

ブーちゃんは、ブータロウさんの遺志を継いで発信を続けましたが、直接の戦争体験を持たないブーちゃんが語る言葉には、ブータロウさんのような重みはありませんでした。

バスキアがやってきた

美術品

その日、アニマル王国の公会堂には、朝から大行列ができていました。著名画家のバスキアの展覧会が開かれるからです。行列のなかには、ブーちゃん一家もいました。


「お父さん、なんでこんなに多くの人が並んでいるの」

「それは、バスキアといえば、いま一番人気のあるアーティストだからね。今回、見逃すと、もう一生見られないかもしれないんだよ」

「でも、そんなにバスキアっていいの？」

「ニンゲン王国のマエザワさんが持っていたバスキアは、60億円で買ったんだけど、数年前に売却したときは100億円にもなったんだ」

「そういう話をしているんじゃなくて、本当に価値のある作品なのかな。例えば、パンフレットに出ている恐竜の絵なんだけど、ボクが描いたほうがずっと上手だよ」

「そんなことはないだろう」

「今日ね、ボクが描いた絵のスケッチブックを持ってきたんだけど、このなかにボクの描いた恐竜があるんだ。ちょっと見てくれる？」

「確かに、自分の子供ながら絵を描く才能はあるね。だけど、誰もブーちゃんの絵のことなんか気にしていないんだ。バスキアは別格だよ。今日、バスキアを見ておけば、明日、そのことだけで、仲間との話が盛り上がるからね」

一時間以上行列に並んだ後、ブーちゃん一家は、展示室に入場できました。ブーちゃんは、すべての絵画を見て回ります。

「なんだ。やっぱり全然大したことないな。マエザワさんがバスキアを買った本当の目的は、投機だったんじゃないかな」

ブーちゃんは、二周目、三周目と、何度もバスキア作品を見て回りました。そして、だんだんと腹が立ってきました。

「こんな作品に１００億円なんて値段が付くのは、やはりおかしいよ」

そう独り言を口にしたブーちゃんに一つのアイデアが生まれました。

自分のスケッチブックから自分で描いた恐竜の絵を切り取り、バスキア作品の一番隅っこに、展示したのです。

展覧会の主宰者は、実際に作品を見た来館者にアンケート調査をしていました。

後日、作品の人気ランキングが発表されたのですが、ぶっちぎりのトップを獲得したのは、ブーちゃんの作品でした。

プライベートジェット

記念館

アニマル王国には、航空機用の滑走路が一本だけありました。ただ、それは緊急事態のときと王国防衛隊が使用するためのもので、定期便は飛んでいませんでした。すぐ近くにニンゲン王国の空港があるため、定期便の需要がなかったからです。

そこに変化が現れました。ニンゲン王国の大富豪、ダンディ・ゲッツ氏が、アニマル王国に巨大な別荘を建設したのです。もともとアニマル王国は、自然環境が豊かで、広大な土地がいくらでも手に入ります。そこにゲッツ氏は、著名建築家がデザインした近代的で美しい別荘を作ったのです。

別荘で一年の半分を過ごすようになったゲッツ氏は、驚きの行動に出ます。会社に出かけるのも、ちょっとした買い物をするのも、すべてプライベートジェットで出かけるようになったのです。

滑走路の近くに住むリスさんが聞きました。


「おじさんは、なぜいつもジェット機で出かけるの?」

「ボクは仕事が忙しいから、ちょっとでも時間を節約するためさ」

「でも、車で出かけたほうが早いところでも、ジェット機を使っているよね」

「リスさんは、鋭いなあ。本当のことを言うとね、ボクは超富裕層なんだ。だから、一般の人とは違うんだということを見せつけるために、あえてジェット機を利用しているんだよ」

「でも、必要のないときまでジェット機を利用するのは、エネルギーの無駄遣いなんじゃないの」

「そうかもしれないけど、地球環境には、ほとんど影響がないんだ。何しろ、ボクほどの金持ちは、世界に数人しかいないからね」

そう言うと、ゲッツ氏は豪華リビングを備えたプライベートジェットで、空高く舞い上がっていきました。

アニマル王国は、動物たちの天国です。それは、王国の上空に広がる大空も同じでした。他の国では考えられないほど多くの種類の鳥たちが、数多く舞っています。ゲッツ氏のプライベートジェットは、上昇中に鳥の群れをエンジンに巻き込んでしまいました。バードアタックです。一羽や二羽ならまだしも、鳥の群れを巻き込んだために、エンジンは完全停止し、プライベートジェットは墜落してしまいました。

アニマル王国には、ゲッツ氏の豪華別荘が残されました。アニマル王国のライオン王は、その別荘を航空記念館として、一般公開することにしました。問題は、航空記

念館といいながら、展示できる航空機が一機もなかったことです。

ただ、その問題はすぐに解決しました。おもちゃの航空機コレクターのブーちゃんが、1000台以上保有する自らの航空機コレクションを記念館に寄贈してくれたからです。

いまでは、週末になると、航空記念館に多くの王国住民が集まり、王国で最大のレジャー・スポットになっています。

南の島の白い砂

人工の美

アニマル王国の沖合に立地する離島は、ちょっとした開発ブームに沸いていました。海沿いにオーシャンビューの客室を備えた真新しいホテルが建設され、建物の前には宿泊客専用の温水プールが配置されています。

そして、ホテルの前には、真っ白な砂のビーチが広がり、そこでは若いカップルが結婚式を挙げられるように設計されていました。

「こんな風景のなかで式を挙げたかったの。いま本当に幸せよ」

「真っ白な砂浜に立つキミは、いつも以上に美しいよ」

沈んでいく太陽が、白い砂浜を赤く染め上げ、二人のムードを一層盛り上げます。

ただ、そうした風景は、本来の島の姿ではありません。

離島のビーチは、ゴツゴツした岩場で、白砂など存在しないのです。そこに無理やり沖合の白い砂を浚渫して、ビーチに散布したのが、ホテルのプライベート・ビーチの正体でした。

本来の離島の岩場には、海藻が生い茂り、そこを生まれたばかりの小魚が泳ぎ回り、貝やイソギンチャク、エビやカニが暮らす豊かで多様な生態系が息づいていました。

それらを破壊して、白い砂で埋め尽くすのは、ビーチに「死に装束」を着せるようなものです。

白いビーチを維持するためには、定期的な浚渫とビーチへの散布が不可欠になります。

その作業の際、沖合にいた一匹のカニさんが巻き込まれてしまいました。

ビーチの整地が終わり、周囲が静かになったところで、カニさんは顔を出しました。周囲はひたすら真っ白な砂浜が広がっているだけです。

「一体何が起きたんだ。仲間がどこにもいないじゃないか。それにここには食べるものさえ一切存在しない。どうしたらいいいんだ」

数日間、空腹に耐えて、身を潜めていたカニさんは、ついに自力で沖合に戻る決断をしました。

そして、声にもならない小さな声で、新婚カップルに歌を残していきました。

運ばれたひとりぼっちの白砂にわれ泣きぬれて沖にもどらむ

真っ白なビーチからは、最後の命まで逃げ出してしまったのです。

あとがき

知らなくてはいけない

森永さんの寓話集、第二弾です。

元々働き者の森永さんですが、がんが発覚してからの働きぶりは尋常一様ではありませんせん。本を同時に十冊以上、一日中キーボードに向かって睡眠は寝落ちした時だけ、というスタイルで文字通り寝食を忘れて働いていたと聞いた時は耳を疑いました。

普通の身体ではないのに。

いや、むしろ病魔と闘っているからこその熱意なのかもしれません。

ともかくこの本のお話も、ガンガン書き進んで私のイラストがなかなか追いつかないほどでした。

第一集もそうですが、第二集はますます「ああ、これはあのことだな」

「これはあの人の話だ」と現実の事件や世相、人物を想起させてくれます。リアルには書きにくいことやタブーとされていることも、こうして寓話にしてしまえば堂々と世の中に出せます。これは素晴らしい、森永さんの大発見です。

ここではいくつかの物語について、私流の解説をしてみたいと思います。

「撃ち落とされたプテラノドン」

森永さんの言説を少しでも齧っている人であれば、明確に「あの事故のことか」と分かる物語です。森永さんをはじめ、発表されている状況とは異なる真相があることを訴える人は少なくありません。この「撃ち落とされたプテラノドン」のような経緯が真相であるとすれば、私たちが今まで聞いていた報道は何だったの？　もう何も信じられない、と世界が一変するほどの大ニュースです。

「ニシキゴイは見ていた」

現実に裏ではこんなことが行われているんだろうな、だとすると庶民はどう闘えばいいのだろう？　権力も予算も持っているカラスは強いです。ニシキゴイはやられてしまったけど、現実の私たちはニシキゴイでないのできっと他に闘い方があるはずです。最初は知ること。ここに出てくるエピソード、思い当たる人物の顔を思い描いてみてほしいです。

「アニマル・トラフ大地震」

素人が正誤を判断しにくい分野は、専門家の言いたい放題、社会は専門家の言葉に左右され放題です。専門家であっても人間、自分の立場や予算を守りたいのは当然のこと。素人であっても、疑う心を忘れてはいけません。

「仕事は宗教家」

苦しめば苦しむほど「徳を積んだ」「価値がある」と解釈したくなるのは、人間の性なんでしょう。動物は苦しみに価値など見出しません。果たしてどちらが賢いのでしょうか。

「南の島の三匹の子豚」

兎角、創作された物語というのは極端なキャラクターが主役になりがちですが、現実世界ではバランスのとれた柔軟な人が評価され、生き残りがちです。

「マンドリルの心変わり」

こんな輩に騙されたくないものですね。「身につけているもの」は、案外本当に「心変わりするマンドリルかどうか」を見分けるための指標になるのかもしれません。

「バスキアがやってきた」

芸術作品かそうじゃないかは、どうやって決まるんでしょうね。芸術であれば公共の施設に勝手に絵を描いても、許されるだけじゃなく感謝までされる、よくわからない世の中です。

皆さんの解釈はいかがでしたでしょうか。

倉田真由美

人生の真相を見抜く28の教え

1．その場しのぎの決断は、大きなツケをもたらす。
『撃ち落とされたプテラノドン』……28ページ

2．綺麗な言葉にだまされてはいけない。
『ネズミーバーガーの正体』……34ページ

3．メディアの情報は疑ってみる。
『オオカミ解説の正体』……39ページ

4．権力者は、巧みに釣り針を隠す。
『ニシキゴイは見ていた』……45ページ

5．自分の得意分野で勝負する。
『エビとカニのＰＫ戦』……53ページ

6．多数決が正義ではない。
『凶弾に倒れたライオン王』……57ページ

『猛獣レストラン』……62ページ

7. 社会には見えない暗い闇が存在する。

『ハイエナ王と呪術師』……67ページ

8. 甘い言葉にだまされてはいけない。

『アニマル・トラフ大地震』……73ページ

9. 一つの情報だけに頼らず、多角的に考える。

『来年の桜は見られない』……78ページ

10. 自分らしい最期を迎えよう。

『犬笛で動くメディア』……88ページ

11. メディアの情報操作に気をつける。

『仕事は宗教家』……94ページ

12. 宗教の本質は、お金ではなく人々の心のなかに現れる。

『フェレット弁護士がかざすルール』……100ページ

13. 契約書は罠かもしれない、という視点で読め。

『熱帯魚挟み撃ち』……106ページ

14. 無理のない生き方が幸福である。

15. 柔軟な人が最後は勝つ。
『南の島の三匹の子豚』……113ページ

16. ルールと柔軟性のバランスを大切にする。
『都会に出てきた三匹の子豚』……120ページ

17. 他人の評価は気にしない。
『ピンクの子羊』……125ページ

18. 自分と違う世代を理解する。
『おばあといびき』……129ページ

19. 他人の意見に振り回されない、自分の心に従う。
『おばあとタバコ』……134ページ

20. 自分で考える人だけが生き残る。
『王様が考えた口減らし』……140ページ

21. 目先の利益だけを求めない。
『コスパ良ければ強盗も（王様の口減らしの続き）』……145ページ

22. 無理な目標は、足元をすくう。
『マントルまで掘れ』……150ページ

23. 終わりのない欲望が、環境を破壊する。
『ゴールドラッシュ』……155ページ

24. 権力に近づけば人は変わる。
『マンドリルの心変わり』……162ページ

25. 核兵器の悲惨さを知る。
『原爆ピカドン』……169ページ

26. 権威にだまされない。
『バスキアがやってきた』……176ページ

27. 自然を軽視すると、思わぬしっぺ返しを食らう。
『プライベートジェット』……182ページ

28. 人間のための人工の楽園は、自然の墓場。
『南の島の白い砂』……189ページ

知《し》ってはいけない

ほんとうは怖《こわ》い
森《もり》永《なが》卓《たく》郎《ろう》寓《ぐう》話《わ》集《しゅう》第《だい》2巻《かん》

2025年3月15日　初版第1刷発行
2025年3月25日　　　第2刷発行

著　者　森永卓郎《もりながたくろう》

挿　画　倉田真由美

発行者　笹田大治

発行所　株式会社興陽館
〒113-0024 東京都文京区西片1－17－8 KSビル
TEL 03-5840-7820
FAX 03-5840-7954
URL https://www.koyokan.co.jp

ブックデザイン　原田恵都子（Harada＋Harada）

校　正　新名哲明

編集補助　飯島和歌子　木村英津子

編集・編集人　本田道生

ＤＴＰ　有限会社天龍社

印　刷　惠友印刷株式会社

製　本　ナショナル製本協同組合

ISBN978-4-87723-337-2 C0030
乱丁・落丁のものはお取替えいたします。
定価はカバーに表示しています。

「私が本当に書きたかったのは
大人向けの寓話なのです」――

余命4か月からの寓話

意味がわかると怖い
世の中の真相がわかる本